KB183460

한국 희곡 명작선 176

마녀
(2020년 作)

한국 희곡 명작선 176

마녀

신성우

평민사

신
성
우

마
녀

등장인물

마녀(여, 40대)
연주(여, 40대) 마녀의 친구
선영(여, 40대) 기자
정란(여, 50대) 상담사
보람(여, 20대) 마녀의 딸

무대배경

소파, 벤치, 책상
그리고 중앙의 문(이 문은 마지막 장면까지 사용되지 않는다)

장면 1

어둠 속에서 울리는 핸드폰 벨소리.

서서히 조명이 켜진다.

소파와 작은 탁자가 놓여있다.

소파 위에는 여성용 레인코트와 백이 놓여있다.

탁자 위에는 핸드폰이 놓여있다.

잠시 후, 허겁지겁 달려 들어오는 연주.

양손에 물기가 묻은 고무장갑을 끼고 있다.

작은 탁자 위에 있는 핸드폰.

고무장갑을 벗으려 하나 물기 때문에 잘 벗겨지지 않는다.

그러는 사이에도 계속 벨은 울리고…

간신히 한 손의 고무장갑을 벗고

핸드폰을 들어 발신자를 확인하는데…

굳어버리는 연주의 얼굴.

전화를 받지 않고 망설인다.

연주가 객석을 향해 고개를 든다.

핸드폰 벨소리가 FADE OUT 된다.

아무 소리도 들리지 않는 무대.

망설이던 그녀가 간신히 입을 연다.

연주   그런 적 있죠? 언젠가 일어날 거란 건 알지만 그래도 안 일어났으면 하는 그런 일… 일어나긴 일어나겠지만, 안 일어날 거라고 생각하는 건 너무 뻔뻔하거나 바보 같거나, 그렇다는 건 알겠는데, 일어나긴 일어날 거라고는 생각은 하는데… 일어나더라도 오늘이 아니라, 지금이 아니라, 나중에, 나중에 일어났으면 하는 그런 일이요. 그렇게 하루하루 미뤄지다 보면 그냥 잊고 지내기도 하고, 가끔 생각나더라도 지금은 아닐 거야, 나중에 일어날 거야 하다보면 진짜 안 일어나고, 그래서 또 잊어버리고… 하지만 머리 한구석에는 언젠간 일어날 거다, 그런 돌멩이 같은 게… 저한테는요, 이 전화가 그런 일이에요. 친구 전화데요, 얘한테서 전화 오는 거… 이게 그런 일이에요…

침을 삼키고는
자리를 옮기는 연주.

연주   (핸드폰을 보며) 얘, 아니 이 친구… 마녀예요. 맘 카페 아이디가 마녀라서, 다들 장난으로 마녀님, 마녀님 그러다가 그게 이름처럼 되어버렸거든요. 고등학교 때 친구였는데, 대학 가고 결혼하고 그래서 어떻게 사는지 모르고 있다가, 이 동네에서 만난 거예요, 우리는. 친했어요. 어릴 때도 완전 단짝은 아니었지만 은근 마음 잘 맞는 애 있잖아요? 걔랑 저랑 그랬어요. 그래서 나이 먹고 다시 만나니까 완전 친해지는 거 있죠? 그랬는데… (골똘히 생각하다가 멍한 얼굴로) 얘 이름이 뭐였더라… 마녀, 보람이 엄마, 그건 기억나는데… (사이) 연락 못 한 지 오래 됐거든요. 제가 연락 안 해서 그런 게 아니라, 얘가 잠적해서… 그런 일이 있었거든요. 얘가 먼저 연락 끊고 사라져서 그렇게 된 건데… 아무리 그래도 그렇지 얘 이름이 생각 안 나는 건 정말… 나도 참… (사이) 하여간 언젠간 올 거라고, 근데 오늘은 아니었으면 좋겠다고 했던 그 전화가… 마녀한테서 전화가 왔네요.

다시 요란하게 울리는 전화벨 소리.
무대 뒤쪽에(얕은 단 위에) 조명이 켜지며 마녀의 실루엣이 드러난다.
산발한 머리에 노숙자가 누더기를 겹쳐 입은 듯한 옷차림.
보일 듯 말 듯한 얼굴은 나름 교양 있는 중년 여성의 얼굴.
자세히 보면 언뜻 보면 그렇게 보일 뿐 옷도 진짜 누더기는 아니다.
심지어 귀에 대고 있는 핸드폰은 신형 스마트폰인 듯.
노숙자라기보다는 초로의 미국 히피 쪽이 더 어울린다.
여하튼 실루엣은 영락없이 마녀처럼 보인다.

여전히 벨소리가 울리는 가운데 망설이는 연주.
마침내 그녀가 용기를 내어 전화를 받는다.
핸드폰을 귀에 대고는 남은 한 손의 고무장갑도 벗는다.

하지만 연주는 입을 열지 못한다.
그렇게 아무 말도 없이 기다리자

마녀 왜? 입이 안 떨어지니? 여보세요도 안 나와?

연주 (떨리는 목소리로) 여보세요?

마녀 (웃으며) 난 줄 알면서 뭔 여보세요야? 연주야, 내 이름 다 떴잖아? 언젠가는 나한테서 전화 올 거 아니까 전화번호도 안 지웠잖아? 불편할 때 무심코 받으면 안 되니까. 그지?

연주 아, 아니야. 그런 거 아니고…

마녀 근데 전화 받을까 말까 왜 그렇게 망설였어?

연주 아니야. 그런 거 아니고 설거지하다가…

마녀 변명 안 해도 돼. 솔직히 니가 안 받을 줄 알았으니까.

연주 내가 왜 안 받아? 아니야. 그렇게 생각하지 마…

둘 사이에 대화가 끊어진다.
잠시 침묵이 이어지다가

연주 잘 지냈어? 어떻게 지내? 어디서?

마녀   정연주. 내가 그런 얘기하려고 전화했을 거 같아? 내가 언젠가 안부 전화할까 봐 끙끙대고 살았던 거 아니잖아?

연주   뭐, 뭐, 그럼 뭐 특별히 할 얘기 있어? 혹시 돈 필요해?

다시 정적.

연주   얼만지 말해. 내가, 내가 어떻게든 마련해 볼게. 너무 크지만 않으면… 내가 할 수 있는 데까지는 할게.

마녀   나한테 많이 미안한가 봐?

연주   아니. 어, 맞아. 미안하기도 하고 친구니까 도울 수 있는 건…

마녀   죽일 거야.

사이.

연주   누구? (사이) 아니, 아니, 그게 무슨 소리야?

마녀   나 사람 죽일 거라고.

연주   그런 소리 하지 마. 무서워.

마녀   더 이상 숨어 사는 것도 싫어. 지쳤어. 아니, 솔직히 말하면 더 도망 다닐 데도 없어. 알아봐. 어딜 가든, 어떻게 하고 다니든 나 알아보는 사람은 꼭 나와. 신기하지? 인터넷이 그렇게 쎄. 그거 함부로 만지면 안

돼. 하여간··· (큭큭 웃으며) 이번 생은 글렀어. 생각해
보니까 정말 이번 생은 글렀더라고. 요즘 애들은 어
쩌면 그렇게 말을 잘 만들어내니? (다시 큭큭 대고는)
글렀는데, 근데 그냥 나만 죽는 건 너무 억울하잖아.
그래서··· 죽이고 나도···

연주 누구?

마녀 누구긴 누구야? 날 이렇게 만든 년. 이렇게 비참하
게··· 너도 알잖아?

연주 그런 소리 하지 말라고. 나 진짜로 무섭다고. 니가 사
람을 왜 죽여? 그럼 진짜 인생 끝이야.

마녀 지금은 내 인생 가짜로 끝난 것 같니?

연주 (애원하듯) 누가 아니, 인생 어떻게 될지? 그러니까···

마녀 너한테는 미리 말해 둬야 할 것 같아서, 그래서 전화
했어. 너는 알고 있어야 할 거 같아서.

연주 나? 나만? 왜?

마녀 친구였으니까. 하나밖에 없는 내 친구였으니까.

대답하지 않는 연주.
마녀가 다시 킥킥댄다.

마녀 지금도 친구라고는 말 안 하는구나? 괜찮아. 기대도
안 했어.

연주 아니야. 그런 게 아니라···

마녀   (말을 끊으며) 그럼 안녕!

전화를 끊는 마녀.
마녀 쪽에 조명이 꺼진다.
멍하니 전화기만 내려다보는 연주.

연주   (고개를 들어 객석을 향해) 이상한 얘기일지도 모르겠는
데요, 마녀랑 전화하는 내내요, 저 애 이름이 뭔지 생
각해내려고 했어요. 근데 생각이 안 나요. 정말 새까
맣게 잊어버렸나 봐요. (사이) 얘가 친구였다고 그럴
때 할 말이 없었어요. 친구였는데, 정말 친한 친구였
는데… 지금은 아니니까요. 그때, 마녀가 힘들 때, 그
때 제가 못 도와줬으니까, 아니요, 안 도와준 거예요.
솔직히 그래요. 저도 같이 마녀로 몰릴까 봐. 솔직히
안 도와… 아니요, 그것도 아니에요. 도와줄 수 없었
다고요. 그런 상황에서는 누구도 도와줄 수가 없어
요. 못 도와준 거예요. (사이) 어쨌든 안 도와준 거건,
못 도와준 거건 미안해서요. 마음의 빚이 있어요. 그
래서 전화 오는 게 겁이 났던 거기도 하고…

심호흡하고는,

연주   정말 사람을 죽일까요, 마녀가? 그럴지도 몰라요. 정

말 그럴지도 몰라요. 그럴 애예요. 제 일은 아니었지만, 직접 제가 당한 건 아니지만, 마녀가 잘못한 건 맞지만, 그래도 걔가 당한 일을 생각해보면… (생각을 떨쳐내고는) 이번에는 그냥 놔두고 싶지 않아요. 뭐라도 하고 싶어요. 돕고 싶어요. (레인코트를 입고 백을 들며) 걔가, 마녀가 정말 사람을 죽일 거라면요, 그렇게 하게 그냥 놔두진 않을 거예요. 그렇게 진짜로 인생 끝장나게 할 순 없어요. 친구니까… 아니, 친구였으니까… 난 친구를 외면한 죄인이니까… 그게 정말 미안하니까…

마지막으로 슬리퍼를 벗고 구두를 신고는
결연한 마음으로 객석을 마주하는 연주.
설거지하던 가정주부의 모습은 사라지고 없다.

연주 이게 다 어떻게 된 일이냐면요, 일이 있었어요. 아주 큰일이요. 뉴스에도 막 나고 그래서 그때는 정말 전 국민이 다 아는 그런 얘기였어요. 맘 카페 관련해서 (객석의 반응을 살피고는) 네, 알고 계신 분이 많은 것 같네요. (돌아서서 퇴장하기 시작하며) 제가 하는 것보다 다른 사람들한테, 당사자들한테 직접 들어보시는 게 낫겠네요. 제가 저도 모르게 각색하고 그럴 수도 있으니까. 여러분들은 진실을 아셔야 되니까…

연주가 또각또각 소리를 내며 퇴장한다.

장면 2

연주의 퇴장과 동시에(혹은 겹치면서) 보람과 정란이 등장한다.
(보람은 교복을 입고 있다)
그녀들이 무대 좌우에 서자, 선영이 등장한다.
그녀는 무대 뒤, 정 중앙에 위치한다.

정란　(객석을 향해) 안녕하세요. 저는 이정란이라고 합니다. 이 지역 고등학교에 속해 있는 상담사고요, 음… 어떻게 하다 보니까 그 일에 관여하게 됐어요. 직업이 상담하는 거다 보니까, 제가 이 사람은 안 받겠다, 그러지는 못하는 거거든요. 직업 윤리상. 뭐, 특별한 이유가 있으면 그래도 되긴 되는데… 전 차마 못 그러겠더라고요. 하여간 워낙 유명한 일이다 보니까 사명감 같은 것도 더 생기고, 그래서 그분… 제가 이름은 잘 기억을 못 해서, 하여간 마녀… 그분 상담하게 되었는데요… 그래서 제가 좀 잘 알아요. 다른 누구보다도 잘 알죠. 경찰한테 안 한 얘기도 저한테는 하니까, 어쩌면 제가 제일 객관적인 입장이라고 할 수 있는데…

헛기침을 해 목소리를 가다듬는 그녀.

정란   죄송합니다. 어쨌든… 어떻게 된 일이냐면요, 몇 년
        전에요, 정확하게는 5년 정도 됐을 거예요. 제가 확
        실하게 기억하죠, 우리 애 대학교 입학했을 때 얘기
        니까요. 하여간 5년 전인데요… (머뭇거리다가) 벌써 5
        년이나 지났네요. 어머, 시간 정말 빨리…

보람이 정란의 말을 끊는다.

보람   빙빙 돌리지 말고 그냥 말해요! 쌤은 뭐가 그렇게 어
        려워요? 5년이나 지났다고요. 5년이나! (객석을 가리키
        며) 아는 사람도 많다잖아요!
정란   그래도, 넌 어쩜 그렇게…
보람   그렇게 뭐요?
정란   (변명하듯) 아니, 너보고 뭐라고 그러는 게 아니라…
보람   그렇게 뭐요?
정란   아니, 이게 뭐 좋은 얘기도 아니고… 니네 엄마 얘긴
        데…
보람   내 얘긴데요! 누가 엄마 얘기래요? 내 얘기라고요!
        내 얘기! 미친 엄마 때문에 개존나 힘들게 산 여고

생, 개착하게 살았던 범생이 여고생이 망가진 얘기라고요!

정란 알아. 아는데… 너 힘들었던 거 내가 잘 아는데…

보람 쌤이 뭘 알아요? 누가 쌤 앞에서 사실대로 얘기해요? 그랬다고 생각해요? 그걸 믿어요? 쌤, 상담 좀 받아보세요. 진심으로요. 정말 쌤은 아니에요. 다른 상담 쌤들한테는 가끔 사실대로 말하는 적도 있는데, 정말 쌤은 아니거든요!

정란 너 정말, 너 정말… 내가 뭘 잘 못 했는데? 너 같은 애들, 니네 엄마 같은 사람들 힘들다고, 괴롭다고, 그래서 얘기 들어주고, 듣기 싫어도 들어주고, 또 얘기하면 또 들어주고…

보람 지금 쌤 들어준다는 거 세 번 말한 거 알아요?

정란 들어주기만 해도…

보람 아휴, 개병신… 못 알아듣네.

정란 보람아! (주저하다가 / 폭발한다) 그럼 내가 뭘 어떻게 하니? 뭘 어떻게 해? 지들이 잘 못 산 거 아냐? 그러니까 힘든 거고. 근데 들어주는 거 말고 내가 뭘 어떻게 하냐고!

노려보기만 할 뿐 대꾸하지 않는 보람.

정란 (무너지지 않으려고 간신히 버티며) 내가 뭘 어…

17

보람   (차갑게) 겪어 보고 얘기하라고요. 쌤도 당해보라고요.

정란   내가 왜 겪어 봐야 되는데? 상담사들은 다 겪어 봐야
        돼? 그게 말이 돼? 상담사가 뭘 잘못했어? 내가 뭘
        잘못했는데?

보람   안 겪을 거면 남 일이라고 막 얘기하지 말라고요.

대꾸하지 못하는 정란.

그들을 보며 한숨을 내쉬는 선영.
무대 앞으로 걸어 나온다.

선영   (객석을 향해) 모두 자기들 얘기만 하고 있네요. 그죠?
        (정란과 보람을 번갈아 보며) 무슨 일이 있었는지 얘기하
        랬더니, 전부 지들 얘기만 하고 있어. 응?

시선을 내리까는 정란. 반대편 허공을 바라보는 보람.

선영   전 기잡니다. 박선영이라고 하고요. 처음부터 취재했
        으니까 제 말이 가장 정확할 거예요. (객석을 향해) 5년
        전에요, (어딘가를 가리키며) 저기 아파트 뒤에 유치원
        있거든요. (객석에 반응하며) 네, 거기 맞아요. 거기서 애
        가, 유치원 다니던 애가 죽을 뻔한 일이 있었어요. 통
        학버스에 갇혀 있다가, 네, 대충 감이 오시죠? 애들

18

다 내린 줄 알고, 걔는 오늘 안 왔나보다 생각하고, 시동 끄고 문 잠그고, 한여름에… (객석을 둘러보며) 무슨 얘긴지 아시죠? 다행히 애는 구조됐어요. 좀 트라우마는 있는데, 당연하겠죠? 그래도 크게 문제 생긴 데는 없고. 그래서 유치원에서, 그 인솔 교사랑 운전사가 무릎 꿇고 사과하고, 돈 만들어서 합의금 주고, 운전사는 원장 조카니까 그냥 있었는데, 인솔 교사는 사표 쓰고… 대충 상상이 되시죠, 우리나라에서 애 문제로 잘못 걸리면 어떻게 되는지? (사이) 근데요 우리나라 사람들이 언제부터 무릎 꿇고 그런 걸 했죠? 얼굴에 물 뿌리고. 따귀 때리고… 옛날에 진짜로 그러는 사람 본 적 있으세요? 그거 드라마에만 나오는 거 아니었어요? 드라마를 하도 봐서 사람들이 현실하고 착각하나 봐. 하여간, 하여간 어찌어찌해서 덮었는데… 덮었어요. 덮은 걸로 끝나는 것 같았는데…

다시 한숨을 내쉬고는 백에서 담배와 라이터를 꺼낸다.
객석과 양옆의 배우들을 보더니 불은 붙이지 않고 손에 들고는,

선영 이 지역 맘 카페에 글이랑 동영상이랑 올라왔어요. ○○ 유치원에서 이런저런 일이 있었는데, 애가 죽

을 뻔했는데, 뇌사 직전까지 갔는데 그걸 돈으로 막
았다. 인솔 교사가 사표 쓰는 시늉은 했는데, 사실 그
여자가 원장 조카다. 그래서 조용해지면 다른 유치
원에서 다시 선생질 시작할 거다. (사이) 이상하죠? 뇌
사? 뇌사 직전까지 갔다는 게 무슨 말이죠? 뇌사 운
운할 정도면 애가 멀쩡하게 나을 수 있나요? 그리고
원장 조카는 운전사예요. 그 교사가 아니라. 근데 그
런 글이 올라왔고… 사람들은 다 그걸 믿었죠. 그렇
게 되죠? 누가 이런 억울한 일이 있습니다, 이런 말
도 안 되는 일이 있습니다. 그러면 일단 우르르 몰려
가죠. 믿는 쪽으로. 다들 그렇잖아요? 안 그래요? (관
객이 생각할 시간을 주고는) 그리고 같이 올라온 동영상
이 있었죠. 그 여교사가 노래방에서 춤추면서 노래
하는 동영상인데요, 노래방 문에 창문 있죠? 거기로
안에 들여다보면서 찍은 거요.

정란   그럼 믿어주지, 안 믿어요? 그렇게 확실하게 하는데?
그래서 난리가 났어요. 맘 카페에서, 그 맘 카페가 이
동네에선 정말 쎄거든요. 그냥 다 들고 일어났어요.
난리도 그런 난리가 없었어요.

정란이 대사하는 동안 무대 뒤쪽으로 마녀가 등장한다.
역시 반쯤 실루엣으로 보이는 그녀의 모습.

마녀   정말 미친 거 아니에요? 반성하고 쥐 죽은 듯이 있어
도 용서해줄까 말까 한데 이게 뭐 하는 짓이에요? 지
금까지 저런 년한테 우리 애들 맡겼다는 거 아찔하
지 않아요? 그냥 놔두면 어디 또 딴 데 가서 유치원
취직할 거 아녜요? 그 엄마들은 저런 년인지 알지도
못하고⋯ 그리고요 어디 멀리 가서 저러고 논 것도
아니에요. 지하철역 앞에 있는 노래방. 우리들 눈앞
에서 저런 거라니까요. 우리 다 보라고 그러는 거 아
니겠어요? 우리가 뭐 병신으로 보여?

보람   그 글 올리고, 동영상 올린 게 우리 엄마예요. 올리고
끝낸 게 아니라 계속, 하루에도 수십 번씩 글 올리고.
그럼 따라서 댓글 막 올라오고⋯ 그 유치원 쌤 사진
하고 주소하고 전번도 올리고, 그럼 또 사람들이 전
화해서 욕하고, 문자로 욕하고⋯ 그땐 우리 엄마가
대장이었어요. 이 동네, 아니죠, 여기만 아니고, 우리
나라⋯ 거의 잘 나가는 유튜버 수준으로 떴어요.

마녀   재밌어? 노래하고 춤추고, 그렇게 즐거워? 저년은 양
심의 가책 같은 거 없어? 어떻게 사람이 그럴 수 있
지? 자기가 보살피던 아이가, 그 어린 게 죽을 뻔했
는데, 그 어린 게 차에 갇혀서, 그것도 한여름에, 무
슨 일인지 알지도 못하고⋯ 난 그게 제일 화가 나.
그 어린 게, 이게 무슨 일인지도 모르겠는데, 정말 뭔
일인지도 모르는 거 아냐? 그 어린 게⋯ (눈에 힘을 주

21

고) 자기 잘못 땜에 죽을 뻔했는데, 춤추고 노래하고, 어떻게 인간의 탈을 쓰고 그럴 수가 있어? 난 정말 이해가 안 돼! 안 그래요, 여러분?

보람 솔직히 그때는… 그때는 저도 좀 우쭐했어요. 친구들도 막 엄마 멋있다 그러고… 마녀라는 별명도 자랑스러웠어요. 어른들이 막 그랬잖아요, 당하고 살면 안 된다고. 여자라고 당하고만 살면 안 된다고… 절대 당하지 않는 여자, 마녀. 우리 엄마가 그런 여자야. (사이) 솔직히 그땐 우쭐했어요.

정란 저도 솔직히 얘기하면… 마녀 응원했어요. 기자들이 못 하는 거, 안 해주는 거, 그런 걸 그냥 엄마 한 명이, 우리 같은 엄마 한 명이 고발하고 나선 거니까요. (선영을 가리키며) 저 기자가 처음에 취재하다가 그만뒀거든요. 처음부터 제대로 취재했으면… (선영에게) 왜 그만뒀어요? 돈 받았어요?

선영 (정란에게) 같지도 않은 얘기 하지도 마세요. 기삿거리가 안 되니까 그만둔 거지. 누가 무슨 돈을 받았다고… 자꾸 그런 식으로, 그렇게 무책임하게 말하니까 이 사단이 난 거 아니냐고요! 겪어 보고도 모르겠어요? (관객들에게) 하여간 어떻게 됐냐면요… 그 여교사, 집 밖에도 못 나가고, 신상 털려 가지고 전 국민한테 얼굴이 알려진 그 여교사, 이사는커녕 이민 가도 알아보는 그런 국가 대표 나쁜 년… 그 여교사가 어떻게 됐을 것 같아요? (사이) 네, 스스로 자기의 목숨을 끊는 거… 자살… 네, 자살했어요. 어떻게 자살했나면… 그 얘기까진 하지 말죠. 우리 그런 얘기는 하지 말아요.

다시 한숨을 쉬는 선영.
그녀는 다시 한번 담배에 불을 붙이려다 만다.

선영 근데 그게 끝이 아니에요. 확 뒤집어졌어요. 완전 반전. 그 여교사 친구들이 SNS, 페북, 인스타, 뭐 그런 데다가 글을 올리기 시작한 거예요. 우리 친구가 억울하게 죽었습니다. 친구의 억울함을 풀어주세요, 뭐 그렇게… (사이) 죽은 그 여교사가 너무 힘들어하길래, 집에서 나오려고도 안 하길래 자기들이 가서 막 설득해서 억지로 끌고 나온 거다. 기분 좀 풀라고, 인생 끝나는 거 아니니까 힘 좀 내라고. 그동안 많이 반성했으니까, 잠깐은 숨 좀 쉬어도 괜찮다. 그래서 자기들이, 그 죽은 여교사 친구들이 억지로 끌고 가서 술도 먹고 노래방도 간 거다. 동영상에 올라 온 춤추는 모습. 그게 신나게 노는 것처럼 보이느냐. 그동안 괴로웠던 거, 취하니까 그렇게 나온 거다. 우리가 이상한 낌새를 눈치채고 말렸다. 그러니까 그 여교사가 막 울더라. 펑펑 울더라. 자기는 아이들 돌볼

자격이 없다고, 근데 나중에 엄마가 되면 어떻게 하
냐고, 자긴 애 안 낳을 거라고, 죽어도 애는 안 낳을
거라고… 왜 이런 건 안 올렸냐. 악의적으로 그 부분
만 자르고 올린 거 아니냐. (사이) 여론이 완전히 뒤집
어졌어요. 비난받던 사람이 자살까지 했으니까… 그
리고 사실 원장 조카도 아니다, 아이는 괜찮다, 맘 카
페에 올라 온 거 다 가짜다, 이런 기사도 나오고…
이번엔 마녀한테 온갖 비난이 쏟아졌죠. 마녀가 자
살한 여교사한테 했던 것 그대로, 정말 그대로 마녀
한테 되돌아왔어요. (냉소적으로) 마녀가 마녀사냥 당
하기 시작한 거죠.

보람   친구들이 엄마 얘기 안 꺼내더라고요.

정란   저도 놀랐어요. 제 주변에 있는 여자들도 많이 놀랐
더라고요. 우리도 열심히 댓글 달고 그랬거든요.

선영   제가 나섰죠. 그냥 지나갈 사건이 아니다. 편집장 설
득하고 그래서… 온라인 마녀사냥이 얼마나 무서운
건지, 그 무책임한 선동들이 왜 나쁜 건지, 이대로 놔
둬선 왜 안 되는지, 기획 기사를 내보내기 시작했어
요. 완전히 떴죠. 저 그 기사로 완전히 떴어요. (사이)
근데 이 여자, 마녀요, 이 여자는 다르더라고요. 예,
달랐어요.

마녀가 앞으로 나온다.

드디어 완전히 얼굴을 드러내는 그녀.

마녀 덤벼. 다 덤벼 봐. 니들, 그래, 니들 모두, 니들 어제까지만 해도 나 잘한다고 막 응원했던 사람들 아니야? 그년 죽이라고 그랬던 사람들 아냐? 니네가 어떻게 나한테 욕을 해? 니들 중에 나 욕할 수 있는 사람 한 명이라도 있어? 안 그랬던 사람들은 욕해도 니들은 그러지 말아야지? 왜? 죄책감 느껴? 아니면, 아, 마녀랑 한패라고 사람들 욕할까 봐 겁나? 정말… 그게 겁나?

보람 (달려가서 / 애원하듯) 엄마, 그러지 마. 그냥 조금만 가만히 있어. 응?

마녀 왜? 내가 왜? 지들이 어떻게 나한테 욕 해? 왜? 너도 나 욕할 거야? 아니야? 근데 왜 그래? 나 창피해서 이래? 넌 니 엄마가 창피하니?

보람 아니야.

마녀 애가 나온다고? 아니야. 엄마가 지 살 찢어서, 애를 내보내는 거야. 가랑이 찢어가면서… 그거 생살 찢는 거야. 진짜로 살을 찢는 거라고! 그렇게 낳아줬는데, 근데 엄마가 창피해?

보람 아니, 그래서 그러는 게 아니라… 그냥 엄마, 제발 부탁인데, 그냥 조금만 조용히 있으면 안 돼?

마녀 내가 왜 조용히 있어? 내가 왜? (악을 쓴다) 내가 왜?

보람   엄마… 제발… 그냥 좀… 그냥…

마녀   그냥 뭐?

보람   엄마가 좀만 가만히 있으면…

마녀   내가 왜? 왜? 난 억울하다고!

보람   알아. 그래도, 억울해도 그냥 엄마가 좀 참으면 안 돼?

마녀는 한동안 보람을 말없이 노려본다.

보람   엄마, 왜…

마녀   너 성추행당하면? 내부 고발했는데 너만 따당하고, 쫓겨나면? 그래서 억울해 죽겠는데, 가만히 있으라고 하면?

보람   엄마…

마녀   엄마라고 부르지 마. 넌 자식도 아냐.

보람은 마녀로부터 뒷걸음질을 친다.
그러다가 정란을 발견하고는 달려간다.

보람   (정란에게) 쌤, 우리 엄마 좀 어떻게 도와주시면 안 돼요?

정란   아, 보람이구나? 공부는 잘 돼?

보람   아뇨, 쌤. 그런 얘기 말고요, 우리 엄마요…

정란   어머니도 잘 지내시지?

보람 (소리친다) 쌤!

말없이 보람을 쳐다보는 정란.

정란 (보람의 시선을 피하며) 나는 좀 그렇고… 나는 청소년 전문이잖니? 나는, 니들, 학생들 전문으로 하는 사람이고, 우리도 다 전문이 따로 있거든, 성인은 따로 성인들만 하는 상담사 선생님들 있어. 내가 다른 상담 선생님 소개시켜 줄 테니까…

보람 이거 제 문제이기도 하잖아요? 집에 문제가 있어서 학생도 힘들어하고 그러니까…

정란 이거 니 문제 아니야. 니 엄마 문제지. 넌 그냥 공부나 열심히 해.

보람 쌤…

정란 공부나 열심히 해. 어른들 일에 끼어들지 말고.

보람 쌤, 그냥 쌤이 해주면 안 돼요? 우리 엄마 상담 같은 거 죽어도 안 받을 거라고요. 우리 엄마 자존심에 상담은 죽어도 안 받아요. 그러니까 그냥 쌤이 저 상담하다가, 그러니까 제 일로 상담하는 걸로 하고…

정란 (버럭 화를 내며) 넌 왜 이렇게 말이 안 통하니?

보람 죄송해요. 죄송한데요…

정란 얘기했잖아? 난 청소년 전문이라고! 상담사들도 다 전문이 있어. 있다고. 니가 아무리 우겨도…

보람   쌤, 좀 도와주세요.

정란   니가… 아무리 우겨도, 우겨도…

마녀   (발악한다) 내가 왜 상담을 받아? 내가 미친년이야? 내가 미쳤으면 니들도 다 미친년이야! 내가 왜 상담을 받아?

정란과 보람이 깜짝 놀라며 쳐다본다.
정란은 다시 고개를 돌려 마녀를 외면한다.
보람은 정란에게서 뒷걸음질을 친다.

뒷걸음질을 치다 돌아서면
담배를 만지작거리는 선영이 서 있다.
보람이 적개심 가득한 얼굴로 선영을 쳐다본다.
선영이 보람을 발견한다.

선영   너도 니 엄마 닮아서 그러니?

보람   뭐가요?

선영   눈. 니 눈깔! (과장되게) 무섭다, 얘. 어휴.

보람   그만… 그만…

보람은 말을 끝내지 못한다.
기다리던 선영이 먼저 입을 연다.

선영   그만 뭐?

보람   (꾸물대다가) 그만… 해주시면 안 돼요?

선영   뭘?

보람   아시잖아요.

대답 없이 보람을 쳐다보는 선영.
고개를 떨구는 보람.

선영   이해한다, 얘.

보람   (고개를 들며 / 기대에 찬 표정) 그럼…

선영   이해는 한다고. 이해만! 한다고.

보람   네?

선영   니가 이러는 거 이해는 가는데… 니네 엄마… 사람
을 죽였어.

보람   그건 아니잖아요!

선영   (쳐다보다가) 그래, 말은 바로 하자. 죽게 만들었어. 이
건 맞지?

대답하지 못하는 보람.
갑자기 마녀가 소리친다.

마녀   왜 대답을 못 해? 왜?

놀라서 마녀를 돌아보았다가
다시 고개를 돌려 대화를 이어가는 선영과 보람.

선영 내가 그만두면… 그 여교사, 피어보지도 못하고, 스스로, 지 목숨 지가 끊은 그 여자… (대꾸하려는 보람을 막으며) 너도 여자야. 잘 들어. (사이) 그 불쌍한 여자, 그 여자 한은 누가 풀어주니?

보람 그래도, 그냥 여기서…

선영 젊은 여자가 죽으면 왜 슬픈 줄 아니?

보람 …

선영 뭐, 사람이 죽으면 다 슬프지. 다 슬프긴 슬픈데, 젊은 여자는… 어리다고 억압받고, 여자라고 억압받고, 그렇게 살다가, 이제 막 안 그래도 되는 나이가 됐거든. 자기만 원하면 제멋대로 살 수 있는 나이가 됐단 말이야. 태어나서 처음으로 지가 지 인생 결정할 수 있게 됐단 말이야. 근데 그때 죽은 거야. 딱 그럴 때 죽은 거라고. 슬퍼, 안 슬퍼?

대답하지 못하는 보람.

선영 (담배에 불을 붙이려 하며) 같은 여자가 안 싸워주면 누가…

보람 저도 여잔데요.

동작을 멈추고 보람을 쳐다보는 선영.

보람   우리 엄마도 여자고요.

조금 더 쳐다보다가 담배를 빼 드는 선영.

선영   그러니까 더 나쁘다고.

선영이 돌아서서 나간다.
마녀와 정란도 퇴장한다.
연주가 등장한다.
보람이 달려가 연주에게 안긴다.

보람   아줌마!

연주는 보람을 안아준다.
보람이 연주의 품에 안겨 울음을 터뜨린다.
연주는 보람을 다독여준다.

연주   그렇게 한 4년 동안 싸웠던 것 같아요, 마녀 혼자서. 저 박선영 기자의 기사와 사람들의 악플과… 마녀가 멈추질 않으니까 사람들도 안 멈추고요. 그런 거 있잖아요, 처음에는 안 싸우려고 했다가도 상대방이 한 대 치니까, 나도 한 대 치고, 그럼 상대방이 두 대 치고, 그럼 난 세 대 치고… 제일 먼저 나가떨어진 건 마녀 남편이에요. 이혼하더라고요. 저도 남 가정사니까 뭐라고 하진 못했어도요, 그래도 남편인데, 우리끼리만 섹스하고 다른 사람이랑은 하지 말자, 평생. 그게 무슨 뜻이에요? 부부라는 건요 둘이 한 편이라는 거 아니에요? 세상이 다 적이 돼도 너만은 내 편이어야 하는데… 편을 들어주기는커녕… (털어내고는) 그리고… 결국 보람이도 아빠한테 가고…

보람이 눈물을 닦으며 연주의 품에서 떨어져 나온다.
보람은 고개를 떨군 채 퇴장한다.
연주는 퇴장하는 보람의 뒷모습을 말없이 바라본다.

연주   저도요… 그때 친구 편이 돼주질 못했어요. 아까도 말씀드렸죠? 안 한 건지, 못 한 건지 저 스스로도 잘 모르겠어요. 친구지만, 마녀, 걔가 잘못한 거잖아요? 사람이 죽었고… 어떻게 해야 했는지 잘 모르겠어요. 어쨌건 힘이 돼주지 못한 건 사실이니까… (사이 / 다시 스스로를 추스르고는) 그러다가 마녀가 사라졌어요. 어느 날 갑자기. 혼자 살았죠. 다 떠났으니까. 근데 어느 날 보니까 마녀도 없어졌더라고요. 없어지긴 했는데… 아무도 안 찾았죠. 남편도, 딸도, 상담사

도, 기자도… 그리고 나서야 조용해졌어요. 악플도
안 달리고, 기사도 안 나오고…

무대 위를 말없이 서성이는 연주.
그러다가 업 스테이지로 이동한다.
아까 마녀가 섰던 자리이다.
그녀는 그곳에 마치 마녀의 흔적이 남아있기라도 하다는 듯
쳐다본다.

연주   (객석을 향해) 그러다가 1년 만에 마녀한테서 전화가
걸려 온 거예요. 저한테. 왜 저인지는 모르겠는데요,
다른 사람한테도 걸었을 수도 있죠. 다 얘기했을 수
도 있고, 아니면 저만 전화를 받아서 저한테만 얘기
했을 수도 있고… (사이) 피하고 싶었지만, 이왕 이렇
게 된 거, 이번에는 나서보려고요. 겁도 나고, 생각만
해도 힘들고 그런데요, 이번에는 그냥 있으면 안 될
것 같아요. 저라도, 이 보잘것없는 아줌마라도 뭐라
도 해야지, 안 그러면… (곰곰이 생각하다가) 아마 그 기
자일 거예요. 마녀가 죽이겠다는 건. 박선영 기자. 그
기자가 분명해요. 그 얘기 많이 했거든요, 그 기자가
너무 왜곡을 많이 한다, 해도 해도 너무한다, 그래서
자기가 진짜 마녀가 됐다… 맞아요. 마녀가 죽이고
싶을 만큼 증오하는 건 그 기자밖에 없어요. 남편도,

딸도, 상담사도 섭섭하기는 했겠지만 죽이고 싶을 정도로 미워하는 건 말이 안 돼요. 그 기자 전화번호가 있을 거예요. 저도 옛날에 취재당한 적 있거든요.

서둘러 핸드폰을 꺼내 전화번호를 찾는 연주.

연주   아, 아니다. 제가 전화를 걸면, 왜 전화했는지 설명해야 되고⋯ 그러면⋯ 혹시 모르잖아요? 그 기자가 다시 마녀에 대한 기사를 쓰면 어떻게 해요? 아직도 뉘우치지 않고 자신을 죽이려 한다고⋯ 그랬다가 다시 사람들이 악플 달기 시작하면⋯ 안 돼. 안 돼. 먼저 마녀를 찾아야 돼요.

보람   (목소리) 어디서 찾을 건데요?

연주가 깜짝 놀라 돌아보면, 보람이 (다시) 등장한다.
앞에서와는 완전히 달라진 모습이다.

장면 3

가방을 맨 채 피곤한 티가 역력한 보람.
이젠 대학생임이 분명해 보이는 차림이다.

연주   (어색한 미소를 지으며) 보람아, 오랜만이다. 많이 컸네.

보람   하나도 안 컸어요. 중학교 때 생리 시작했는데 어떻게 더 커요?

연주   아, 그지. 그건 그런데… 많이 어른스러워졌다고.

벤치 위에 가방을 던지듯 내려놓고는 앉는 보람.

보람   저 알바 가는 길이거든요. 아줌마랑 많이 얘기 못해요.

연주   어, 그래. 알바하는구나. 요즘은 다들 하더라고.

보람   안 하는 애들도 있어요.

연주   (반색하며) 금수저들? 나도 봤어. 테레비에서. 참 요즘 세상이…

보람   금수저 얘기하면 제가 맞장구쳐드릴 거 같아요? 헬조선 뭐 그러면 맞아요, 저희들 불쌍하죠? 뭐 그럴 줄 아셨어요? 티브이만 보면 세상 몰라요. 어른들이 그래서 세상 참 모르시죠.

연주   아, 그래? 미안하네. 괜히 모르는 얘기해서…

보람   (쳐다보다가) 죄송해요. 아줌마한테 짜증 내려고 그랬던 건 아니고요… 저 엄마 어디 있는지 몰라요.

연주   연락 같은 거 안 해? 카톡이나…

보람   안 해요.

연주   그럼 아빠는…

보람 아빠도 연락 안 할걸요? 몰라요.

연주 그래도 혹시 아빠는 연락 되실지 모르니까 물어봐 줄래?

보람이 가방을 집어 들고 일어선다.

보람 아줌마, 우리 엄마요 저랑 아빠 인생에 없는 사람이거든요. 정말요, 이건 진심인데요, 엄마가 제 앞에 다시 안 나타났으면 좋겠어요.

연주 그래, 아는데, 그래도, 그래도 니네 엄마잖아? 너 낳아주고, 키워주고…

보람 그래서 더 싫다고요. 뭘 낳아주고, 키워주고, 뭘 그렇게 준 건데요? 계속 준 거라고요? 놓은 거 아니에요? 낳아 놓고, 키워 놓고, 지가 그렇게 해 놓은 거잖아요? 자기 좋아서. 결혼했으니까 여자구실 하려고.

연주 얘가 말을…

보람 아니에요? 그럼, 낳아 놓고, 키워 놨으면, 제가 그렇게 애원했는데, 제가, 제가 그렇게 부탁하는데… 자기 억울하다고, 억울해서 못 살겠다고, 다른 건 아무렇게나 돼도 상관없다고…

연주 니네 엄마 얼마나 억울했는지 너도 알잖아. 그러니까 그만 화 풀고…

보람 낳아 놓고 키워 놓고선 이제는 아무래도 상관없다고요? 그게 말이 돼요?

연주 그래 알아. 너 정말 힘들었다는 거 알아. 아니까 그만 화 풀고…

보람 (소리친다) 저한테 화 풀라고 그러지 마세요! 엄마는 세상 사람들한테 그렇게 화를 냈는데, 전 이 정도도 화 못 내요? 아줌마는 왜 끝난 일 다시 끄집어내는데요? 화 안 내고 잘살고 있는데, 왜 다시 끄집어내서 화나게 하는데요? 이유가 뭔데요?

연주 그래도 니 엄만데…

보람 그래도, 그래도, 그거 이젠 좀 그만하시면 안 돼요? 아줌마 그런 사람이었어요? 아줌마 애들한테도 그래요? 그래도 내가 니 엄만데, 그래도 니가 나한테… 난 뭐 엄마 생각하면 눈물 안 나는 줄 아세요? 오죽했으면 이렇게 살겠어요? 난 뭐 정상적으로 엄마하고 살고 싶지 않아서 이래요? 엄마가 이상하니까, 엄마한테는 가족이고 뭐고 다른 것보다 자기 화가 난 게 더 중요하니까, 자기 자존심이 더 중요하니까, 자기 억울한 게 더 중요하니까… 그런데 그래도 엄마니까, 뭐 어떻게 하라고요? 네? 제가 뭘 어떻게 해요?

충격을 받은 연주.

돌아서서 가버리는 보람.

연주는 멍하니 그녀의 뒷모습을 쳐다보기만 한다.

반대쪽에서 정란이 등장한다.

정란   (이유 없이 미안해하는 태도로) 보람이 좀 힘들죠?

돌아보는 연주.
황급히 정신을 차리고 정란을 맞이한다.

정란   옛날에는 참 착한 애였는데… 우리가 이해해야죠. 한창 예민할 때 그런 일을 겪었으니까… 에휴…

연주   잘 지내셨어요? 보람이 얘기 들어보니까 학교 그만 두시고 어디 다른 데로 옮기셨다고…

정란   학교에 오래 있는 거 건강에 안 좋더라고요. 나이가 드니까 애들이 이해가 안 돼요. 애들 얘기 듣다 보면 제가 충격이 너무 커서요… 상담사는 잘 들어줘야 하잖아요? 그게 일인데, 그냥 듣고 있을 수가 없어요, 요즘 애들은… 그래서 좀 스트레스 적은 데로 옮겼어요.

연주   고생 많으셨나 봐요. 괜히 스트레스받으시면서까지 그러실 건 없었는데… 애들이 참 선생님들 힘드신 거 알아주면 좋겠는데… 이렇게 멀리까지 이사 오시고…

정란   그랬는데도 된통 걸린 거잖아요.

연주   마녀한테요? 그 말씀이죠?

잠시 망설이다가

연주 마녀 얘기… 맞죠?

정란 어느 날 점심 먹으러 내려갔는데, 거기, 그냥 우리 센터 로비에 떡하고 앉아 있, 앉아 계시잖아요? 정말 놀랐어요. 우리 직원들이 쩔쩔매고 있더라고요.

연주 선생님 만나러 온 거예요? 거기로 옮기신 거 알고?

정란 아뇨, 그건 아니고… 저희 센터장님 만나겠다고. 인권이 짓밟힌 여성을 도우려고 하지 않는다고, 센터장님 나오라고… 그러다가 저랑 딱 만나니까… 제가 그분 맡고 싶어서 맡은 게 아니라요, 그렇잖아요, 보람이 때문에 저도 많이 힘들었어요. 걔가 막 저를 가지고 학생 힘든 거 못 본 척한다고 교장실 문 열고 들어가고, 교육청에 민원 넣고… 솔직히 제가 그분 맡고 싶었겠어요? 젊고 유능한 상담사 선생님들도 많은데… 피하고 싶은 게 너무 당연하지 않아요, 저도 인간인데? 아이고야, 근데 센터장님이, 센터장님이 절 많이 인정해주시거든요, 센터장님이 저보고 맡으라고 하셔서…

연주 그럼 지금도 상담받으러 오죠? 오긴 오죠?

대답하지 않고 시선을 피하는 정란.

연주	마녀, 걔 지금도 오죠? 일주일에 한 번씩.
정란	여기까지 먼 걸음 하셨는데… 죄송한데요…
연주	비밀이라서 그러세요? 제가요, 절대 어디다가 얘기 안 할게요. 그냥 주소만 알려주시면… 제가 마녀한테도 어디서 주소 알았는지 얘기 안 할게요. 저 믿어주세요. 선생님 얘긴 절대로 안 할게요.
정란	믿죠. 그건 믿는데…
연주	근데요?
정란	(작은 소리로) 안 와요.
연주	네?
정란	안… 온다고요.
연주	언제부터요?
정란	그게 참…
연주	혹시 얼마 전부터 안 나오는 건가요? 저한테 전화…

한참을 망설이던 정란이 입을 연다.

정란	이거 어디 가서 얘기하시면 안 돼요. 계속 헛걸음 하실까 봐…
연주	절대 얘기 안 할게요. 절대요.
정란	(눈치를 보다가) 처음부터 안 왔어요.
연주	네?
정란	처음부터, 그냥 제가 상담하는 걸로 하고, 일지도 제

가 만들어서 쓰고… 까놓고 얘기했더니, 여성단체 아무리 찾아가 봐도 안 될 거다, 자살한 보육 교사도 여자 아니냐, 우리는 어느 한쪽 편 들 수 없다, 그렇게 까놓고 얘기했더니… 그랬더니 그냥 가겠다고 그러더라고요. 고마웠죠. 정말 다행이다 싶었는데, 대신 계속 나온 걸로 해 달래요. 그럼 다신 안 오겠다고. 두 번 다시 내 앞에 안 나타나겠다고. (다시 눈치를 살피더니) 이거 정말 어디 가서 얘기하시면 안 돼요. 그러시면 저만 아니고요, 저희 센터가 다, 센터장님도 다 문제 생겨요.

연주 예, 예. 얘기 안 해요. 근데… 근데 왜 그랬을까요, 마녀는?

정란 아마도, 잘은 모르겠지만 아마도… 이건 그냥 오래해서, 상담사 오래 한 경험으로 말씀드리는 건데… 자기 안 찾게 하려고… 여기 와서 상담받는 걸로 되어 있으면 일단은 놔두고 보니까…

연주 정말 그런 생각으로…

정란 죄송합니다. 도움이 못 돼서.

맥이 풀리는 연주.
정란은 연주에게 인사를 하고는 퇴장한다.

연주 (객석을 향해) 너무 맥이 풀리더라고요. 얘가 언제부터

계획을 짰길래 이런 생각까지… 이제 어떻게 해야
할지도 모르겠고… 저 어떻게 해야 돼요? 박 기자한
테 전화해 볼까요? 근데 그랬다가 잘못되면…

뒤에서 선영이 등장하며 말을 한다.

선영   진작 전화를 하시지 그랬어요? 뭐 어려운 얘기라고.
연주   (돌아보며) 아니요, 어려워서 그런 게 아니라…
선영   정연주씨 맞죠? 제가 이름 제대로 기억하고 있죠?
연주   네. 감사하네요. 제 이름까지…
선영   제가 뭐 '마녀로부터의 협박 전화', 뭐 이런 기사라도
          쓸까 봐서요?
연주   솔직히 말해서… 네.

호탕하게 웃는 선영.
당황하는 연주.
여전히 선영의 손에는 담뱃갑과 라이터가 들려 있다.

연주   제가 너무 순진했던 거예요?
선영   순진이요? (신나게 웃으며) 그럼요! 너무 순진하시네.
연주   그래도 진짜 죽이겠다고 그랬는데요.
선영   (웃음을 참으며) 죄송해요. 너무 웃어서. 일단, 죄송해
          요. (웃음을 멈춘 뒤) 일단 이거 더 이상 기삿거리 아니

거든요. 제가 만약에요, 협박받았네, 뭐 이런 기사 쓰 잖아요? 그러면 사람들이 막 욕해요. 쓸 거 없으니까 옛날 거 우려서 관심 끌려고 저런다고. 요새는 관종 으로 찍히면, 그러면 이번 생은 글른 거죠. 그리고요, 기자한테 협박하는 거, 그거 진짜로 실행하는 인간 들 없어요. 저도 몇 번 겪어봤거든요. 이제는요 쫄지 도 않아요.

연주 아니에요. 그래도 그렇게 너무 쉽게 생각하시면 안 될 것 같아요. 분명히 진짜로 죽일 것처럼 그렇게 얘 기했어요.

선영 직접 보면서 얘기한 건가요? 칼 들고요? 근데 칼로 여자끼리 찔러 죽이고, 그런 거 잘 안되거든요. (찌르 는 시늉을 하며) 힘이 약하니까. (장난처럼) 총이라도 보 여주던가요?

연주 아니, 그런 건 아니지만요…

선영 아까 말씀하셨잖아요, 전화로 들었다고. 그 전화 정말 마녀 맞아요? 그 여자 목소리 정확하게 기억해요?

연주 그럼요. 기억하죠. 제가 다른 건 몰라도 목소리는…

선영 그럼 다시 전화 오면 얘기하세요. 제가 그러더라고, 별거 아닌 일 가지고 더 이상 인생 낭비하지 마시라 고요. 네?

연주 별거 아닌 일이라뇨? 걔는 자기 인생이 날아갔는 데요?

선영   그건 자기가 잘못한 게 있으니까 그렇게 된 거잖아
　　　요? 그걸 누굴 탓해요?

연주   어떻게 그렇게 얘기하세요?

선영   (대꾸하려다 말고) 이제 됐죠? 더 할 얘기 없죠?

선영이 돌아서려는데

연주   (용기를 짜내어) 기자님이 그렇게만 안 썼어도 이렇게
　　　되지는 않았잖아요?

선영   뭐가요? 내가 어떻게 썼는데요?

연주   사실, 사실… 되게 과장하신 거잖아요? 그 정도면 요
　　　새는 왜곡 보도…

선영   뭘 왜곡해요? 뭘요?

연주   그렇게 말씀하시면 안 되죠! 제일 잘 아시는 분이…

선영   아뇨. 난 모르겠는데요. 난 모르겠으니까 그쪽에서
　　　한 가지만 대봐요. 왜곡 보도, 뭐라도 좋으니까 딱 하
　　　나만!

대답하지 못하고 주저하는 연주.

선영   대라고. 하나만 대보라고. 네?

여전히 대답하지 못하는 연주.

선영   책임지지 못 할 말 하지 마요.

연주   (용기를 내어) 제 인터뷰요!

굳는 선영의 얼굴과 상기된 연주의 얼굴.

선영   내 말 안 들었어요?

연주   대라고 해서 댄 거잖아요? 맞죠? 제 인터뷰. 그거 왜 곡 보도 맞잖아요? 기자님 맘대로 지어내서…

선영   책임지지 못 할 말은 하지 말라니까요. 그 말 안 들 었냐고요?

연주   사실이잖아요! 왜 제가 책임을 못 진다고 생각하시 는데요? 기자님이 왜곡 보도한 거, 사실인데요? 기자 님도 아시잖아요!

대답하지 못하는 선영.
연주를 노려보기만 한다. 연주도 시선을 피하지 않는다.

연주   그걸 다시 끄집어내서 기자님을 탓하려는 게 아니에 요. 마녀가 한 사람 인생 끝장낸 것처럼요, 그건 마녀 가 잘못한 거 맞고요, 맞는데, 그것처럼 기자님도 마 녀 인생 끝장내신 거잖아요? 그럼 지금이라도 별거 아닌 거라고 하지 마시고요 저랑 같이 마녀 찾아서 사과할 건 사과하시고…

선영 그럼 왜 그때 말 안 했어요?

연주 네?

선영 그때 나서서, 이건 명백한 왜곡 보도다. 자기는 마녀에 대해서 이렇게 말한 적이 없다. 마녀는 이런 사람이 아니다. 기자가 꾸며낸 거다. 왜 안 했냐고!

대답하지 못하는 연주.

선영 바로 반박하지. 그때 바로. 왜 안 그랬는데?

대답하지 못하는 연주.

선영 아니면, 지금이라도 다른 기자 찾아가서 사실 그때 이러이런 거 왜곡 보도다. 내가 다 폭로하겠다. 왜 안 그러고 나한테 왔어요? 왜 이렇게 나 붙잡고 구질구질하게 구는데? 연주씨, 나 연주씨 이렇게 안 봤는데?

연주 (애를 쓰며) 꼭 그렇게만 말할 게 아니라…

선영 그럼 다르게 어떻게 말하는데? 나한테 전화 한 통화 안 했잖아? 전화해서 항의 한 번 안 했잖아? 근데 어떻게 다르게 말하는데?

대답하지 못하는 연주.

선영 잘못은 마녀가 먼저 했죠? 맞죠? 그래서 사람이 죽었어요. 무고한 젊은 여자가. 근데 자살이에요. 살해당한 거라면 살인자 찾아내서 처벌하면 되는데, 자살했어요. 괴롭힘당하다가 못 견디고 자기가 자기 목숨 끊었어요. 그럼 이제 어떻게 할까요? 눈에는 눈, 이에는 이. 가서 마녀 찔러 죽일까요? 그렇게 한 사람은 살인자라고 벌 받아야 되는데? 아직도 모르겠어요? 솔직하게 말할게요. 잘 들어요. (사이) 제 기사는요, 진실을 찾고, 뭐 그런 거 아니었어요. 그거 가지고 마녀한테 응징한 거라고요. 여교사를 위해 복수한 거라고요. 처음부터 진실을 찾고… 그럴 생각 없었어요. 너무나 빤하게 보이는 짓이었잖아요? 몰랐다고 그럴 거예요? 연주씨만? 전 국민이 다 알면서 하라고 한 건데, 연주씨만? 다 알았다고요. 내가 얼마나 칭찬 많이 받았는지 알아요? 말이 좀 이상하지만, 인민재판 한 거라고요. 우리나라 사람 모두, 아니, 거의 다가 마녀를 인민재판 한 거라고요. 그 말이 이상하면 국민의 심판은 괜찮아요? 이봐요, 우리이 나이 먹고요, 이제 와서 줄 잘못 서지 맙시다. 대한민국에서 어디다 줄 설 건지가 얼마나 중요한지 너무나 잘 알잖아요? 우리 여기서 태어나서, 이민도 못 가고 수십 년 살면서 뼈저리게 배웠잖아요? 자, 전 국민이 이쪽에 있고, 마녀 혼자 저쪽에 있어요. 어디 줄 설 건데요? 말해 봐요. 네?

대답하지 못하는 연주.

선영   마녀 쪽에 줄 설 거 아니면 혼자 양심 있는 척하지 말라고.

선영은 성큼성큼 걸어 퇴장한다.
연주가 고개를 떨군다.

연주   (고개를 들어/관객들에게) 그때요, 그 기사요, 제 인터뷰 기사… 입이 열 개라도 할 말이 없는 그 인터뷰… 저 그거 자랑스럽지 않거든요. 하나도 떳떳하지 않아요.

연주에게 쏟아지는 스포트라이트.
손으로 빛을 가리려 하는데…

마녀   (목소리) 이 인터뷰 정말 니가 한 거야?

장면 4

움찔하는 연주.

그녀를 비추던 스포트라이트가 꺼지고 정상적인 조명으로 바
뀐다.

연주의 뒤로 마녀가 등장한다.

마녀는 깔끔한 주부의 모습이다.

연주는 겁이 나는지 뒤도 돌아보지 못한다.

마녀   정말 이거 니가 이렇게 말한 거냐고.

연주   (여전히 객석을 보며) 아니… 뭐?

마녀   (핸드폰을 꺼내 들며) 여기 이 기사에 난 거. 카페에도 올
           라왔는데…

연주   어, 나 오늘 바빠서 못 봤는데…

마녀   그 기자랑 인터뷰했어?

대답하지 않는 연주.

마녀   했어?

그제야 돌아서서 마녀를 마주하는 연주.

잠시 쳐다보다가 소파에 가서 앉는다.

연주   (변명조로) 인터뷰한 게 아니라, 애 데려다주고 오는데
           기다리고 있다가 막 들러붙어서…

마녀   근데 왜 나한테 얘기 안 했어?

다시 대답하지 못하는 연주.

마녀   (핸드폰을 들어 보이며) 너 정말 이렇게 말했어?

연주   아니야. 나 그렇게 얘기 안 했어!

마녀   못 봤다며, 바빠서?

당황하는 연주. 잠시 정적.

마녀   봤지?

연주   응. 미안해. 봤어. 봤어. 거짓말한 건 미안한데, 그건 정말 미안해. 미안한데… 기사 보니까 너한테 어떻게 얘기해야 될지 모르겠더라고.

마녀   그건 됐고, 이렇게 얘기한 거야, 아니야?

연주   아니야. 그건 정말 아니야.

마녀   그 박 기자, 그년이 니가 하지도 않은 말 지어낸 거야?

연주   내가 제대로 안 봐서, 그냥 슬쩍 보고 말아서…

마녀   그럼 내가 다시 읽어줄게. (핸드폰을 보며) 괴롭힘을 받던 해당 여교사가 극단적인 선택을 하던 순간, 마녀는 동남아의 한 휴양지에서 가족 여행을… (화를 참으며) 주변 사람들의 증언에 따르면 여행 결정은 급하게 이루어진 것으로 보인다.

연주   그래. 그렇게 썼더라.

마녀   넌 아니지? 넌 이렇게 말한 '주변 사람들' 아니지?

연주   아니야. 너 그거 시부모님 모시고 가는 거, 진즉에 가기로 한 거 아는데 내가 왜 그렇게 말해?

마녀   그럼 이거 사실 아니라고는 얘기 안 했어?

연주   그거는…

마녀   했어, 안 했어?

연주   안 물어봐서…

연주를 노려보는 마녀.

다음 부분을 읽는다.

마녀   평소에 마녀와 친하게 지냈다는 한 주민의 말에 따르면… 이건 정말 니가 한 거 아니었음 좋겠다. 마녀는 이전에도 자신과 층간소음 문제로 다투던 윗집 주민에 대해 맘 카페에 비방글을 올린 적이 있다고 한다. 기자와 만난 주민은 이번 유치원 여교사 사건을 보면서 당시의 일을 떠올렸다고…

연주   내가 얘기한 거 아니라, 다 알고 왔더라고. 누가 이러는데 맞냐고…

마녀   그래서 맞다고 그랬어?

연주   그럼 어떻게 아니라고 해? 다 알고 왔는데…

마녀   이번 사건을 보면서 그때 일이 생각났다고?

연주   아니야. 그건 정말 그런 뜻으로 얘기한 거 아니야. 정말 그 기자가, 정말 말도 안 되게 갖다 붙인 거야.

할 말이 있지만 참는다는 시선으로 연주를 노려보는 마녀.
연주가 시선을 피한다.

마녀 (핸드폰을 보면서) 이 다음 건 정말 기가 막혀서 말이 안
나와. 또한 제기되는 의혹은 마녀가 해당 유치원의
운영권을 가로채기 위해 통학버스 사건을 이용했다
는 것이다. 단순히 떠도는 말일지도 모르지만 유치
원을 둘러싼 주변 정황을 살펴보면 여러 가지 의문
점을 발견하게 되는 건 사실이다. 그 단적인 예가 수
개월 전 마녀가 유치원 폐원을 가정하고 주변 부동
산에 시세를 알아봤다는 점이다. 정말 미치겠네. 내
가 유치원 하려고 이랬다고? 이게 무슨 얘긴지 너도
알잖아? 알지?

연주 그럼 잘 알지. 사립 유치원 파동 났을 때, 그 얘기잖아.

마녀 그래, 그 유치원 문 닫으면, 거기 다니던 애들은 어떻
게 하냐? 그래서 엄마들이 공동으로 인수하는 건 어
떠냐? 구청에다가도 도와달라고 하고. 뭐, 그런 얘기
나와서, 그것도 진지하게 한 얘기도 아니잖아. 그래
서 그냥 부동산 앞에 지나가다가, 도대체 돈이 얼마
나 드는 거야? 그거 궁금해서 물어본 건데…

연주 나도 그건 아니라고 했어. 그런 거 아니라고.

마녀 그런데 왜 이렇게 써? 그 기자가 미친 거야?

연주 내가 어떻게 알아?

화를 참으며 핸드폰을 끄는 마녀.

마녀   이거, 이 말도 안 되는 기사, 틀린 거라고 얘기해줘.

연주   어디다가?

마녀   어디다가는? 카페랑. 페북이랑, 단톡방도…

연주   내가 그런다고 믿어줄까, 기사에 난 건데?

마녀   일단 그렇게 하고. 박선영이, 그년한테 전화 걸어서 정정보도 하라고 해야지. 아니면 소송 건다고.

연주   내가? 내가 해야 돼? 소송?

마녀   정정보도 안 하면 그렇게라도 해야지.

연주의 안색을 살피는 마녀.

마녀   왜? 싫어?

연주   싫다는 게 아니라… 소송 그런 거는 아무래도…

마녀   알아. 귀찮은 거 아는데, 그래도 이런 거 그냥 넘어가면…

연주   그냥 나 좀 내버려 두면 안 돼? 그냥 그 기사는, 그냥, 그냥 넘어가면 안 돼?

놀란 표정으로 연주를 쳐다보는 마녀.

연주   미안해. 이런 얘기해서 미안한데… 미안한데 나 좀 그냥…

마녀 (차분하게 하지만 딱딱하게) 왜?

연주 계속 그거 갖고 일을 더 크게 하는 것보다는 조금만 가만히 있으면…

마녀 너도 우리 딸처럼 얘기한다?

연주 잘 생각해봐. 어쩌면 보람이 얘기가 맞을지도 몰라. 그냥 지금은 좀 힘들지만, 지금만 넘기면…

마녀 그럼 강간당했는데, 너무 시끄러워지고, 그렇게 될까 봐. 가만히 있어야 돼? 아님, 그래, 그때 신고 못 했어도, 한참 지나서 지금 까발리면 안 되는 거야? 지금 증거도 없고, 완전히 평지풍파 일으키고, 그거 때문에 여러 사람 힘들게 되고 그래도… 할 건 해야지? 아냐? (쳐다보다가) 안 된다고 못 하지? 너도 미투 지지 서명하고 그랬으니까 안 된다고는 말 못 하겠지?

연주 그거하고 이거는 다르지.

마녀 뭐가 달라? 내가 강간당한 애들보다 나아 보여? 정말? 나도 강간당하고 그래야 말할 자격이 생기는 거니? 나 죽어가는 거 안 보여?

대화가 끊어진다.

연주 (단단히 마음을 먹고는 단호하게) 아니야. 이거는 그냥 조용히 넘어가자. 그게 맞아. 지금은 나한테 서운하게

느낄지는 몰라도, 그냥 넘어가는 게 맞아. 니가 조금
만 참아.

마녀 (간신히 울음을 참으며) 나 못 참아. 알잖아? 나 너무 억
울해. 알지?

연주 알아. 아니까 이러는 거야. 아니까. (사이) 세상에 못
참을 일 없어. 참아.

마녀 내가 먼저 잘못했다고, 그랬다고 이러는 거야? 너도
그래서 이러는 거야?

연주 (다른 말을 하려다가) 그래. 솔직히 그것도 있고. 우리 냉
정하게 생각하자고. 나 니 친구잖아. 그래서 하는 얘
기잖아? 그러니까 내 말 좀 들어. 사람들더러 조금
만 더 괴롭히라고 놔두자고. 조금만 있으면 다 잊어
버리고 다른 데 가서 다른 사람 괴롭히고 있을 거야.
그때까지만 참자고.

마녀 아니야! 그런 게 아니야! 나도 나 잘못한 거 알아! 안
다고! (드디어 눈물을 흘리며) 그래도, 그래도⋯ 이러면
안 돼. 나도 이랬지만, 그래도 이러면 안 돼. 나, 나는
그 여교사 사건 때 일부러 거짓말하고 그런 거 없어.
난 다 진짠 줄 알고 그렇게 한 거야! 난 정말 그게 진
짠 줄 알고 그런 거라고! 그 선생이 진짜로 그런 나
쁜 년인 줄 알았다고! 그래서 그런 거라고⋯ 근데 이
건 아니잖아! 이건 거짓말이잖아! 거짓말!

정적.

마녀   (눈물을 닦고는) 한 가지만 말해줘. 니 진짜 이유가 뭐야? 그것만 들으면 너 그냥 놔둘게. 댓글이고, 정정 보도고, 소송이고 그냥 아무것도 안 해도 돼. 그것만 말해줘.

연주   무슨 진짜 이유?

마녀   너 이러는 진짜 이유.

연주   내가 뭘 어쨌는데?

마녀   너 나 피하잖아.

정적.

연주   아니야! 내가 널 왜 피해? 아니야, 정말.

마녀   피하잖아!

연주   아니야. 그건 정말 아니라고!

마녀   내 피해망상이다? 카페 앞에 주차하려다 내 차 보고 돌려 나간 거… 다 내 피해망상이다?

연주   언제? 그게 언제야? 나 기억 안 나는데?

마녀   계속 이럴 거야?

연주   아니, 내가 요새 좀 정신이 없어서.

마녀   피한 거는 인정 하는 거지?

연주   뭘 인정해? 아니라고!

마녀	그럼 왜 가만히 있으라고 하는데? 같이 싸워줄 생각은 안 하고…
연주	그게 제일 나을 것 같으니까…
마녀	지랄하지 말고… 나한테는 지랄하지 말아야지, 친구니까. 응? (사이) 진짜 이유가 뭐야?
연주	그게 제일 나을 것 같…

마녀의 시선을 느끼고 말을 멈추는 연주.
마녀가 연주를 노려보고 있다.
그녀의 입가에 묘한 웃음기가 감돈다.

마녀	나랑, 마녀랑 같은 편으로 볼까 봐… 저년 마녀 친구네. 마녀 친구도 마녀겠지. 그런 소리 들을까 봐… 너도 나랑 손잡고 같이 따당할까 봐. 동네 여자들이, 아니 우리나라 여자들이 모두 쟤 마녀 친구래, 이러면서 따돌릴까 봐. 마녀랑 한편 되기 싫다는 거 아냐? 마녀랑은 친구 먹기 싫다는 거 아냐? 쟤들이 똑같은 년들이야, 그럴까 봐? 그거지? 그거 맞지?
연주	애들처럼 굴지 마. 내 입장 돼봐! 너도 내 입장 돼보면…

마녀는 연주의 말을 듣지도 않고 돌아서서 퇴장한다.
구태여 마녀를 잡으려고 하지 않는 연주.

걸음을 멈추는 마녀.

연주가 흠칫 놀란다.

마녀   실망이다. 정말 실망이야. 친구야.

연주가 변명이라도 하려는 듯 입을 열려는데

그냥 나가버리는 마녀.

멍하니 사라지는 마녀의 뒷모습을 쳐다본다.

잠시 후 숨을 고르고는

연주   (객석을 향해) 저, 저 비겁했던 것 맞죠? (자조적인 웃음) 여러분한테 물어보는 제가 더 비겁한 거 같네요. 네, 저 비겁했어요. 맞아요, 마녀 말이 맞아요. 마녀가 얘기한 대로 다른 사람들이 그렇게 생각할까 봐 겁이 났어요. 걔 얘기, 다 맞아요. 친구… 친구는 그럴 때 어떻게 해야 되는 거예요? 그냥 무조건 친구를 감싸고돌아야 돼요? 편들어주지 않을 수도 있는 거 아니에요? (사이) 아닌…가요? 아닌 거죠? 친구도, 가족도… 아무리 잘못을 했어도 감싸야 하는 거죠? 가족이니까. 친구니까.

고개를 젓는 연주.

연주 아니에요. 그러면 안 돼요. 제 남편이 살인자면, 제 자식이 다른 사람 고통스럽게 하면… 뉘우치라고, 벌 받아야 하면 벌 받으라고 설득하고, 안 하면 내 손으로 고발하고, 막고 그래야 돼요. 울면서, 네, 눈 물 펑펑 흘리며, 같이 욕먹어가면서… 그렇게 해야 돼요. 그래야 이 세상이, 우리 사회가 조금, 아주 조 금일지도 모르지만 좋아지는 거예요. 저보고 잘못 생각하는 거라던가, 막상 닥치면 안 될 걸, 그렇게 얘 기하셔도 좋아요. 네, 막상 닥치면, 내 일이 되면, 말 처럼 못 할지도 모르죠. 근데요, 아직은, 나중에 못 지키더라도 아직은 이런 믿음 가지고 있을래요. (결연 하게) 저 친구를 배신해서, 무조건 감싸주지 않아서, 그게 미안해서 발 벗고 나선 거 아니에요. 처음에는 잘 몰랐어요. 근데 찾아다니면서, 주변 사람들 만나 보면서, 그리고 예전의 제 모습을 돌이켜 보면서 깨 달았어요. 고리를 끊어야 한다. 미움이 미움을 낳고, 복수가 복수를 낳는 이 지긋지긋한 고리, 아까 얘기 했죠? 한 대 때리면, 두 대 때리고, 두 대 맞으면 세 대 때리고… 이거 끊어야 한다. 그래서 나선 거예요. 마녀 마음속에 또아리를 틀고 있는 이 증오를 없애 지 않으면요, 그럼 언젠가는 정말 마녀가 박 기자 죽 일 거고요, 마녀가 박 기자를 죽이면요, 누군가는, 누 구 하나는 또 증오를 품게 되고…

그때 요란하게 울리는 벨소리.

발신자를 확인한 연주가 전화를 받는다.

연주   예, 기자님.

무대 뒤쪽으로 전화기를 든 채 황급히 달려 나오는 선영.

선영   무서워 죽겠어요. 나한테 좀 와줘요.

연주   네? 무슨… 혹시 마녀가 기자님 댁에…

선영   그건 아닌데요. 아니에요. 모르겠어요. 나 없는 동안
         왔다 갔는지도 몰라요. 아뇨. 아뇨. 왔다 간 거 같아요.

연주   무슨 일이 있었는데요?

선영   몰라요. 나도 잘 모르겠어요. 근데 우리 집이, 우리
         집이… 뭔가 달라진 것 같아요. 모르겠어요.

연주   아까는 그런 일 실제로는 안 일어난다고…

선영   허세. 허세. 내가 허세 부린 거라고! 연주씨 좀 와줘요.

연주   그럼요, 그럼, 일단 경찰에 먼저 신고하세요. 제가 지
         금 갈게요. 갈 거니까 먼저 경찰에 전화하시고요…

선영   경찰 안 와요.

연주   네? 경찰이 왜 안 와요?

선영   제가요, 제가요, 지난 5년 동안요, 경찰에 맨날 전화
         했었거든요. 누가 나 죽이려고 하는 것 같다, 집 안이
         이상하다… 경찰이 계속 와줬어요. 근데 그때마다

아무 일도 없으니까, 내가 혼자 겁나서 피해망상, 그런 거 아니까… 전화해도 안 와요. 아니, 오기는 오겠지만, 바로는 안 올 거예요. 순찰 다 돌고, 이쪽으로 지나가다가…

연주   지난번에는 협박 같은 거 겁 안 난다고…

선영   얘기했잖아요? 허세라고. 허세! 나 하룻밤도 그냥 못 자요. 겁이 나서, 혹시 어느 날 갑자기 불쑥 마녀가 내 앞에 나타나면 어쩌나… 밤길 혼자 못 가요. 전봇대 뒤에 숨어 있다가 확! 하고 튀어나오면 어쩌나… 근데 겁나는데 수면제도 못 먹어요. 수면제 먹고 잠자다가 정신 못 차리고, 소리 들었는데 못 일어나고, 그래서 잡힐까 봐… 나요 연주씨한테 거짓말했어요. 사실 나 맨날, 맨날 겁났어요. 지난 5년 동안…

연주   그럼요, 혹시 이번에도…

선영   나 이번엔 진짜에요. 나 창밖에 내다보다가 그 여자, 마녀… 봤어요.

연주   분명해요?

선영   네. 진짜 마녀였다고요! 머리는 막 풀어 헤치고, 누더기 같은 거 걸치고…

연주   알았어요. 알았어요. 제가 금방 갈게요.

쫓기듯이 황급히 퇴장하는 선영.
전화를 끊으며 일어서는 연주.

코트와 핸드백을 챙기다가

연주   (객석을 향해) 보람이하고 상담 쌤한테도 연락을 해야
         겠어요. 마녀를 막으려면 꼭 그들이 필요해서가 아
         니라요, 있으면 좋죠. 있으면 좋은데, 그게 아니라…
         보람이도 정란 쌤도 그거 뭐죠? 각성, 눈이 뜨여서
         깨달음 같은 거 얻었으면 좋겠어요. 아까 말씀드렸
         죠? 이런 미움의 고리요, 증오가 증오를 낳고, 그래
         서 복수하고, 그래서 또 증오가 생기고, 그거 끊어야
         된다고요… 그걸 그 사람들도 알았으면 좋겠어요.
         네, 그게 제 목표에요. 마지막에 가서는 마녀가 그걸
         깨닫게 하는 거… 잠시만요.

         연주는 핸드폰으로 전화를 건다.
         전화를 든 보람이 등장한다.

연주   보람아, 무슨 말인지 알겠니?
보람   싫은데요.
연주   다시 생각해봐, 보람아. 아줌마는 너한테 그걸 꼭 느
         끼게 해주고 싶어.
보람   저는 화 안 나요. 처음엔 무지 화가 났죠. 어떻게 엄
         마가 이럴 수 있나… 아무리 억울해도, 진짜로 엄마
         는 아무 잘못도 안 했는데 억울하게 당한 거래도…

딸이 고3인데, 아빠가 그렇게 애원하는데… 근데 우리 엄만 아무 잘못도 안 한 건 아니잖아요? 그죠? 그럼 가족들이 그렇게 애원하면… (숨을 고르고) 근데요 저 마인드 콘트롤 많이 했거든요. 이렇게 살면 결국 나만 손해다. 잊자. 다 잊고, 처음부터 엄마 없는 애들도 있는데, 다 잊고, 없던 일로 하고… 얘기했잖아요, 아줌마가 뭐라고 하지만 않으면 저 괜찮다고요!

연주 그럼, 엄마 살리는 셈 치고, 마지막으로 한 번만 엄마 도와준다고 생각하고… 그다음엔 너보고 뭐라고 안 그럴게. 엄마 살리자. 엄마잖아. 엄마가 그 악순환, 얘기했지, 그 고리에서 벗어나게 좀 도와주자고.

보람 이해가 안 되세요? 저는요, 그 고리, 아줌마가 말하는 그 고리에서 오래전에 나왔거든요. 꼬리에 꼬리를 물고 무슨 일이 일어나든지 저하고는 상관없어졌어요. 이해 안 되세요?

연주 그래도 보람아…

보람 또 그래도, 그래도! 그 소리 좀 하지 말라고요!

일방적으로 전화를 끊는 보람.

보람은 흥분이 가라앉지 않는 듯 보인다.

(그녀 쪽 조명이 꺼진다. 하지만 퇴장하지는 않는다)

연주가 다시 전화를 건다.

정란이 (핸드폰을 든 채) 등장한다.

하지만 끝내 그녀는 연주의 전화를 받지 않는다.

(정란 쪽 조명이 꺼진다. 그녀 역시 퇴장하지 않는다)

하는 수 없이 문자를 남기는 연주.

연주   (객석을 향해) 안 받는 거겠죠. 그래도, 그래도 문자는 남겨야죠. 문자 남기고 가면서 계속 전화해야죠. 받아줄 때까지. (문자를 남기고는) 제 진심을 알아줄 거예요. 지금은 모른 척해도 언젠가는… 언젠가는 알아줄 거예요. 나쁜 사람들이 아니거든요. 사실 박 기자나 마녀도… 그냥, 그냥 너무 늦지만 않았으면 좋겠어요.

코트와 핸드백을 들고는

계속 통화를 시도하며 퇴장하는 연주.

잠시 후, 보람과 정란 쪽 조명이 켜진다.

둘 다 심란한 표정으로 핸드폰을 내려다보곤 한다.

걸음을 옮기려다 멈추고, 다시 걸음을 옮기려다 멈추고…

갈등하는 게 역력한 그녀들.

조명이 어두워지면서 퇴장하는 그녀들.

장면 5

허둥지둥 잠옷 차림의 선영이 달려 나온다.
한 손에는 칼을 들고, 다른 손에는 핸드폰을 든 그녀.
반쯤 실성한 것처럼 보인다.

책상 위에 놓인 위스키병을 발견하는 그녀.
불안을 가라앉히기 위해서 한 모금 마시려는데
칼을 놓아야 할지, 핸드폰을 놓아야 할지 결정하지 못한다.
결국 아무것도 놓지 못하고 울상이 되는 그녀.

그때 초인종 소리가 들린다.
깜짝 놀라는 선영.
소리가 난 쪽을 향해 칼과 핸드폰을 들이댈 뿐 꼼짝하지 못한
다.

다시 울리는 초인종 소리.
그때마다 움찔움찔 놀라는 선영.

다음 초인종 소리를 불안에 떨며 기다리는데
거칠게 문을 두드리는 소리.
그리고 다급하게 선영을 부르는 목소리들.

보람   (목소리) 기자님! 저 보람인데요!

정란   (목소리) 박 기자님! 지켜드리려고 왔어요.

보람   (목소리) 저 기억하시죠?

정란   (목소리) 저도 같이 왔어요. 이정란이라고 상담사요.

보람   (목소리) 저희가 엄마 설득할게요.

정란   (목소리) 여기 아무도 없어요. 저희 둘밖에 없어요.

보람   (목소리) 문 좀 열어주세요. 저희가 같이 있어 드릴게요.

(가상의) 문을 향해 다가가는 선영(중앙의 문은 아니다).

마치 문에 나 있는 렌즈를 통해 내다보는 것처럼(허공에 대고)

확인한 뒤

핸드폰을 주머니에 집어넣고는 문을 여는 동작을 한다.

그러자 들이닥치는 보람과 정란.

칼을 겨누고 있던 선영도 놀란다.

선영의 모습을 보고는 재빨리 문을 닫는 보람.

선영을 안심시키는 정란.

정란   괜찮아요. 괜찮아. 그거 내려놔도 돼요.

믿어야 할지 말아야 할지 아직은 판단이 서지 않는 듯한 선영.

보람   연주 아줌마는 아직 안 오셨어요? 저 연주 아줌마 전화 받고 온 거예요. 정란 쌤도 그렇고요.

정란   (선영에게서 칼을 넘겨받으며) 이제 괜찮으니까, 괜찮아 요, 괜찮아.

선영이 정란에게 칼을 넘겨준다.

칼을 보람에게 주는 정란.

보람이 칼을 치우는 사이,

정란은 선영을 안아준다.

선영이 정란의 품에 안겨 흐느끼기 시작한다.

보람도 다가와 선영을 끌어안으며 눈물을 터트린다.

선영   고마워요. 고마워.

보람   저는요, 제가 죄송해요. 모른 척하려고, 안 보이는 척 하려고, 전 그랬거든요. 이건 내 인생이랑 상관없는 얘기다. 그러면서… 죄송해요.

정란   아니야. 아니야. 죄송해하지 마. 우리 다 그러니까.

선영   고마워요. 고마워.

정란   도울 수 있는 건, 도와야 하는 건, 좀 힘들어도, 좀 귀 찮아도… 그래도 도와야죠. 지금까진 비겁하게 살았 지만요, 그거 계속 스트레스더라고요. 그래서 죽을 때는 비겁한 사람으로는 안 죽으려고요. 그래서 왔 어요.

선영   고맙습니다. 정말 고맙습니다.

보람   제가 엄마 못 하게 할게요. 우리 엄마지만, 아니, 우리 엄마니깐… 제가 못 하게 할게요.

선영   (울음을 멈추며) 왔으면 좋겠어. 니네 엄마… 진짜로 여기 왔으면 좋겠어.

정란   왜요?

선영   미안하다고 하게요. 내가 잘못했다고… 진짜로 미안하다고… 나 이기고 싶었어. 지는 게 싫었어. 일단 싸움 시작했는데… 중간에 아차 싶다고 주저주저할 순 없잖아? 그럼 지는 거니까. 그래서 어떻게든 이기려고 했어. 그래서 그랬어. 그렇게 모질게…

사이.

보람   그 얘기 엄마한테 꼭 해주세요. 그거 무슨 말인지 엄마가 제일 잘 알 거예요.

선영   내가 먼저 미안하다고 그러면… 마음 풀어줄까?

보람   그럼요.

정란   나 끝까지 있을 거예요. 나도 미안한 거 얘기하고… 다들 화해하고, 그럴 때까지… 나 여기 있을 거예요.

보람   저도요.

선영   (다시 울먹이며) 고마워요. 고마워.

다시 울음을 터뜨리는 선영.

세 명의 여자는 서로 부둥켜안고 눈물을 흘린다.

잠시 후, 진정된 세 사람.
눈물을 닦으며 서로에게서 떨어진다.
눈물범벅이 된 얼굴이 민망한지 서로를 보며 웃는 그녀들.

선영 다른 사람이 나한테 이렇게 힘이 돼줄지 몰랐어요.

정란 나도 그래요. 진즉에 맘 고쳐먹을 걸… 왜 그랬나 싶어요.

보람 이렇게 서로 도울 수 있었는데…

정란 이제라도 이러면 된 거야. 우리 다 잘한 거야.

그들은 서로를 보며 다시 미소를 짓는다.

보람 근데요, 연주 아줌마는 왜 이렇게 안 와요?

정란 우리들보다 먼저 왔어야 되는데…

선영 오겠죠. 올 거예요. 이렇게 되게 하려고 가장 애쓴 사람인데…

그녀들을 비추던 조명이 꺼진다.

황급히 나오는 연주.
핸드폰을 귀에 댄 채 들고 있던 코트를 입으려고 한다.

연주   (핸드폰에 대고) 네, 이번에는 진짜예요. 아니, 그냥 순찰 돌듯이 하시면 안 되고요, 정말 사람 죽일 거라니까요. 네? 그거까지 있어야 하는지는… 전기충격, 그런 거 가지고는 안 돼요? 아, 혹시 모르니까, 맞네요. 네, 총 있어야 돼요. 그건 저도 모르겠어요. 안 쏘면 좋겠지만, 상황이 그렇게 안 되면… (버럭 소리를 지르며) 누구 하나 죽어야 정신 차릴 거예요? 누군 친구한테 총 쏴야 된다고 말하고 싶었겠어요? 이번에는 진짜라고요. 그냥 안 끝나요. 빨리 가요. 빨리!

핸드폰을 고쳐 잡으며 코트에 팔을 끼우려는데

갑자기 동작을 멈추는 그녀.
무대는 정적에 휩싸인다.
잠시 후, 핸드폰을 끊고 주머니에 넣는 연주.
그리고 그 자리에 선 채로 귀를 기울이는데

주위엔 어둠뿐.
다시 걸음을 옮기려는데
멈추어서는 연주.
분명 어둠 속에 무언가 있다.

연주   누구… 있어요?

아무런 기척이 나지 않는다.

연주 누구… 혹시… 너니?

그제야 어둠 속에서 모습을 드러내는 마녀.
헉하고 숨을 들이켜는 연주.
꼼짝도 못 하고 그대로 얼어붙는다.
마녀의 손에 들린 식칼이 조명을 받아 번쩍인다.

연주 왜 이래?
마녀 몰라서 물어?
연주 나 인질로 잡아서 박선영 기자한테…
마녀 그거 아닌 거… 알잖아.
연주 아니야?
마녀 알잖아.
연주 내가 뭘?

사이.

연주 나였어?
마녀 응, 너였어.
연주 정말… 니가 죽이겠다는 게 정말 나야?
마녀 (미소를 띤 얼굴로) 왜 두 번 말하게 해? 그렇다니까.

사이.

연주   왜?

마녀   얘기했잖아.

연주   뭘?

마녀   날 비참하게 만든 년… 죽이겠다고…

연주   그게 나야?

마녀   너야.

연주   (화가 나는 듯) 왜?

마녀   정말 몰라서 그러는 거니?

연주   왜 나야? 박 기자 그년이어야지. 그게 맞지. 안 그래?

마녀   경찰한테 총 가져오라고 그러더라?

연주   그거는…

마녀   박 기자 살리려고?

연주   혹시 모르니까…

마녀   너 살려고 그러는 거 아니고?

사이.

마녀   나 죽었으면 좋겠어?

연주   아니야!

마녀   (얼굴에 냉소가 스친다) 무슨 영화 보는 줄 알았다, 애.
안 되면 쏘라고…

연주   니가 진짜 사람 죽이면 안 되니까.

마녀   니가 죽으면 안 되니까. 나 위해서 그러는 게 아니고! 다 너 위해서니까!

마녀를 노려보는 연주.

겁이 나지만 용기를 낸다.

다가온 마녀가 연주의 목에 칼을 들이댄다.

침을 삼키는 연주.

하지만 마녀를 노려보는 눈길에 더욱 힘을 준다.

마녀   (그 모습을 보고는) 그래. 그래야지. 나랑 맞장 떠야지.

연주   너 이러지 마.

마녀   왜?

연주   추해.

마녀   내가? 니가 아니고, 내가?

사이.

마녀   왜 박 기자가 아니냐면… 싸우다가 졌다고 꼭 비참해지는 건 아니야. 그년이 이긴 게 중요한 게 아니라, 아, 이번엔 내가 졌구나. 얼마든지 쿨하게 받아들일 수 있어. 정말 사람을 비참하게 하는 건 그런 게 아냐.

연주   비참해? 섭섭한 거 아니야? 널 비참하게 만든 게 섭섭하게 해서 그런 거야? 그럼 못돼처먹은 니 딸이나, 지 생각밖에 안 하는 상담 선생이나…

마녀 섭섭하다고 사람을 죽이냐? 니가 그러지 않았어? 니가 그랬던 것 같은데.

연주 그럼 왜 나야? 내가 너한테 뭘… 친구라서? 야, 딸이나 적이나, 그런 사람들보다도 친구라서 더 섭섭…

마녀 섭섭한 거 아니라고.

연주 하여간. 친구가 왜 더 당해야 되는데?

잠시 말없이 연주를 노려보는 마녀.

연주 친구라서 니가 화난 거 내가 다 뒤집어 써야 돼? 정말 친구라서?

마녀 사람들한테 다 얘기한 거 아니지? 사람들은 아직도 모르지?

연주 더 얘기할 게 뭐가 있는데?

마녀 왜 없어? 있잖아?

연주 뭐가 더 있어? 있으면 가서 말해! 박 기자한테 다 말하라고!

마녀 아니라니까. 난 너 죽이고, 나도 죽을 거라고. 아무것도, 인터넷에 올린 글도 없고, 유서 써 놓은 것도 없어. 아무도 모를 거야. 왜 니가 죽어야 됐는지 아무도 몰라. 이건 너랑 나랑만 알면 돼. 그런 거야.

마녀가 다가오기 시작한다.

겁을 먹기 시작하는 연주.

연주　너 진심이구나?

마녀　난 항상 진심이었어.

연주　정말, 정말… 사람들은 정말 몰라도 돼?

마녀　응.

연주　정말 진짜 뭔 일이 있었던 건지… 몰라도 돼?

마녀　응이라고. 응! 니가 시작한 거라고 이제 와서 암만
　　　얘기해 봤자, 그 동영상 니가 찍고 편집한 거라고 아
　　　무리 얘기해 봤자…

정적.

마녀　그래도 잡아떼지는 않는구나. (칼을 더 들이대며) 그럼,
　　　유죄 인정한 거니까… 사형!

연주　정말 아무도 몰라도 돼?

마녀　사람들이 관심이나 있겠어? 그랬대? 정말? 우와, 뭐
　　　하루 이틀 그러다 마는 거지.

연주　너… 명예 회복… 안 해?

마녀　회복할 명예가 있었니, 나한테?

연주　이거 나 좋자고 하는 얘기 아니고… 진실을 알리고
　　　너 억울했던 거 사람들한테 알리고…

마녀   너 좋자고 하는 얘기 같은데? 시간 끌어 보겠다고.

대답하지 못하는 연주.

마녀   (귀에 대고 속삭이듯) 사람들이 알아주건 말건… 상관없
다고.

연주   너 진짜 미친 거지?

마녀   그런가 봐.

연주   그러지 말고. 내 얘기 좀 들어 봐…

마녀   응. 들어줄게. 다 들어줄게. 근데… 너 죽어. 내가 죽
일 거야.

연주   일단 들어보고…

마녀   사실 나도 할 말 없지. 사람들이 다 난 줄 알고 막 칭
찬하고 그러니까 우쭐해서는… 보람이는 나한테서
그거 닮았나 봐. 관종. 애들은 항상 싫은 걸 닮아. 그
런 건 아빠 닮아도 되는데, 꼭 그런 걸 닮아요. (사이)
그때 막 난리 났을 때, 누가 그러더라, 나는 애도 다
컸는데, 직접적으로는 관계도 없는데, 참 열심히 한
다고… 그래서 덜컥했지. 나를 떠보려고 그러나? 니
가 같이 하는 거 아는 건가 하고. 넌 애들이 직접 관
련이 있으니까… 근데 아니더라고. 너무 고맙대. 자
기 일도 아닌데 이렇게 열심히 해줘서 고맙대. 그래
서 나도 얘기 못 했어, 너도 같이한 거라고, 사실은

76

니가 먼저 시작한 거라고… 나도 얘기 못 했어. (사이)
그러다가 빠지더라, 분위기 바뀌니까 슬그머니… 야,
이 씨발년아, 아무리 역전당했다고 해도 니가 그렇
게 빠지면 안 되지. 응? 그냥 뒤에서 그림자로 있더
라도, 니가 나한테 그러면 안 되지. 밖에서 욕은 내가
다 먹더라도, 뒤에서는 그래도 너는 내 손 잡고 있었
어야지. 누가 너 까발린대? 누가 너보고 나와서 고백
하라고 했어? 난 너한테 아무 짓도 안 했는데, 왜 배
신 때리고 지랄이야!

연주 (떨기 시작한다. 하지만 물러서지 않으며) 들어 봐. 좋아. 그
럼 니가 지금 한 말, 내가 먼저 시작했다는 거, 근데
나중에 이상해지니까 아닌 척하고 나만 빠져나왔다
는 거… 그거 세상에 알리자. 나도 나쁜 년이었다는
거, 아니, 내가 진짜 마녀였다는 거. 그거 알리고…

마녀 하나도 안 중요하다니까. 그게 뭐가 중요하냐? 세상
사람들이 알건 모르건… 너랑 나한테는 1도 중요하
지 않아.

연주 너한테 다시 명예 회복할 기회를 줄게. 그러면 되잖
아. 내가 마녀하고 넌 다시 니 삶 찾아. 다시 그냥…
보통 아줌마, 그거 이제 니가 해.

마녀 위기를 모면하려고 아주 서커스를 하는구나, 서커스
를 해.

연주 서커스? 그래. 맞아. 서커스! 내가 진짜 멋있는 서커

스 보여줄게. 보면 생각이 달라질 거야. 아, 나 살려주기 잘했구나… 이제 다 보상받았구나… 약속! 약속!

생각해 보는 듯한 마녀.

마녀 너 어떻게 믿어?

연주 뭐 걸까? 걸라는 거 다 걸게.

마녀 니 목숨.

연주 그건 아니지. 나 살려주면, 그러면 더 좋게 만들어 줄 테니까, 그거 믿어보라고, 뭐라도 건다고.

마녀 그래? 그럼 뭐… 돈?

연주 돈? 돈 걸라고? 그래. 그래. 얼마 걸까?

마녀 어떻게 만들 건데? 남편한테 말할 거야?

연주 그건 내가 알아서 할게. 내가 알아서 해.

마녀 아니면… 애?

연주 애?

마녀 응. 니 새끼들. 새끼들 걸어.

마녀를 노려보는 연주.
그녀의 눈에는 적개심이 서려 있다.

연주 애들은 빼.

마녀 다 걸 수 있다며?

연주　애들은 빼라고.

마녀　약속 지키면 되잖아? 그럼 애들한텐 아무 일도 안 생기잖아.

연주　그래도 애들은 빼라고!

마녀　뭐든 다 걸어도 된다며! 약속 지킬 거니까 다 된다며!

사이.

연주　너 정말 너무한다.

마녀　아니지? 뭐든 다 걸 수 있고, 사실은 그런 거 아니지?

계속 마녀를 노려보는 연주.

마녀　아님… 너도 엄마라 이거니?

연주는 계속 말없이 마녀를 노려본다.

마녀　위대하네. 그래, 위대하게… 죽어라.

마녀가 칼을 든 손에 힘을 주려는데

연주　걸어. 걸 수 있어. 애들 걸어. 약속 지킬 거니까.

마녀　야, 니 애들이 지금 그 말 들으면…

연주가 조심스럽게 칼을 밀어낸다.
마녀는 순순히 물러선다.

연주   이건… 아무한테도 얘기하지 마. 약속해.
마녀   약속.
연주   정말?
마녀   (쳐다보다가) 응.

빙긋 웃는 마녀.
침을 삼키며 고개를 끄덕이는 연주.

순간, 다시 연주의 목에 칼을 들이대는 마녀.

연주   안 죽이기로 했잖아?
마녀   그랬어? 내가?
연주   그랬잖아! 좀 전에…
마녀   거짓말한 건데? (웃고 나서) 나 너 죽일 거야.
연주   아까 약속한 거는…
마녀   애들 팔아서 살려고 했다고… 아무한테도 얘기 안
         할게. 니 진짜 모습 본 거 기뻐. 그거면 됐어.

칼을 쥔 손에 힘을 주는 마녀.
드디어 중앙의 문에 조명이 비춘다.

연주가 문을 쳐다본다.

마녀 열어.

연주 싫어.

마녀 여기서 죽을래?

연주 열면 안 죽일 거야?

마녀 안 열면 여기서 죽는 거야.

연주 열면?

마녀 열라고!

연주 열면 어떻게 되는데?

마녀 그건 열고 생각해 보자.

연주 나 안 죽일 수도 있어? 있지? 있지? 내 진짜 모습 봤으니까, 얼마나 추한지 다 봤으니까… 나 안 죽일 수도 있지?

칼을 더 들이대는 마녀.

마녀 열어.

연주가 천천히 문을 연다.

마녀 (놀리듯이) 조심해. 휘청하면 나도 모르게 그냥 그을지도 몰라. 아니지, 그어지는 거지. 난 안 죽이고 싶었는데, 니가 잘못 움직여서…

연주   열면 생각해 볼 거지? 그냥 바로 죽일 건 아니지?

마녀   몰라. 그런 거 알려주면 그게 마녀냐?

연주는 천천히 뒷걸음질을 쳐 문을 넘어간다.

마녀도 조심조심 그녀를 따라간다.

두 사람이 사라지자 문이 닫힌다.

끝

한국 희곡 명작선 176

마녀

초판 1쇄 인쇄일   2024년 10월 16일
초판 1쇄 발행일   2024년 10월 25일

지 은 이   신성우
만 든 이   이정옥
만 든 곳   평민사
　　　　　서울시 은평구 수색로 340 〈202호〉
　　　　　전화 : 02) 375-8571 / 팩스 : 02) 375-8573
　　　　　http://blog.naver.com/pyung1976
　　　　　이메일 pyung1976@naver.com
등록번호   25100-2015-000102호
ISBN   978-89-7115-861-6 04800
　　　　　978-89-7115-663-6 (set)
정　　가   9,000원

이 책은 사단법인 한국극작가협회가 한국문화예술위원회의
2024년 제7차 대한민국 극작엑스포 지원금을 받아 출간하였습니다.